MAMA SHAMSI at the BAZAAR

莎姆西奶奶
的 黑罩袍

文/莫伊德·哈薩尼　薩米拉·伊拉瓦尼　圖/瑪雅·菲達維　譯者/藍依勤

薩米拉和她的奶奶住在一個名叫
德黑蘭的繁忙城市。
這一天，莎姆西奶奶帶著她的提籃，
準備前往市中心的市場買菜。

這也是薩米拉第一次
和奶奶一起出門。

「莎姆西奶奶，
　莎姆西奶奶！
市場是不是很熱鬧？
它是不是很大？
我會不會在人群中迷路？」

「不ㄅㄨˋ、不ㄅㄨˋ、不ㄅㄨˋ。」

她ㄊㄚ穿ㄔㄨㄢ上ㄕㄤˋ她ㄊㄚ的ㄉㄜ黑ㄏㄟ色ㄙㄜˋ罩ㄓㄠˋ袍ㄆㄠˊ。

「你ㄋㄧˇ會ㄏㄨㄟˋ一ㄧ直ㄓˊ待ㄉㄞ在ㄗㄞˋ我ㄨㄛˇ身ㄕㄣ邊ㄅㄧㄢ，
我ㄨㄛˇ們ㄇㄣ一ㄧ起ㄑㄧˇ走ㄗㄡˇ過ㄍㄨㄛˋ一ㄧ家ㄐㄧㄚ家ㄐㄧㄚ商ㄕㄤ店ㄉㄧㄢˋ。」

「莎姆西奶奶，

　　莎姆西奶奶！

讓我爬上你的背，

窩在你的罩袍裡面，

那裡無比溫暖，漆黑一片。」

「不ㄅㄨˋ、不ㄅㄨˋ、不ㄅㄨˋ。」
她ㄊㄚ呵ㄏㄜ呵ㄏㄜ笑ㄒㄧㄠˋ開ㄎㄞ懷ㄏㄨㄞˊ，
「鄰ㄌㄧㄣˊ居ㄐㄩ會ㄏㄨㄟˋ以ㄧˇ為ㄨㄟˊ我ㄨㄛˇ是ㄕˋ一ㄧ隻ㄓ大ㄉㄚˋ烏ㄨ龜ㄍㄨㄟ！」

「莎姆西奶奶，
　　莎姆西奶奶！
我們來排成一列，
窩在你的罩袍下，
你排前面，我排後面！」

「不ㄆㄨˋ、不ㄆㄨˋ、不ㄆㄨˋ。

那ㄋㄚˋ樣ㄧㄤˋ我ㄨㄛˇ會ㄏㄨㄟˋ看ㄎㄢˋ起ㄑㄧˇ來ㄌㄞˊ像ㄒㄧㄤˋ隻ㄓ騾ㄌㄨㄛˊ子ㄗˇ，
長ㄓㄤˇ了ㄌㄜ四ㄙˋ條ㄊㄧㄠˊ腿ㄊㄨㄟˇ的ㄉㄜ呆ㄉㄞ子ㄗˇ！」

「莎姆西奶奶，
　　莎姆西奶奶！
我想在你的肚子前面擠一擠，
讓我鑽進罩袍下面可不可以？」

「不ㄅㄨ、不ㄅㄨ、不ㄅㄨ。

你ㄋㄧ知ㄓ道ㄉㄠ大ㄉㄚ家ㄐㄧㄚ會ㄏㄨㄟ說ㄕㄨㄛ什ㄕㄣ麼ㄇㄜ嗎ㄇㄚ？
他ㄊㄚ們ㄇㄣ會ㄏㄨㄟ看ㄎㄢ著ㄓㄜ我ㄨㄛ的ㄉㄜ大ㄉㄚ肚ㄉㄨ子ㄗ喊ㄏㄢ：
是ㄕ袋ㄉㄞ鼠ㄕㄨ！ 快ㄎㄨㄞ看ㄎㄢ！」

薩米拉試了最後一次：

「莎姆西奶奶，
　　莎姆西奶奶！
讓我坐在你肩上！
用你的罩袍蓋住我的頭，
就不怕迷失方向。」

「不ㄆㄠ、不ㄆㄠ、不ㄆㄠ。」

莎ㄕㄚ姆ㄇㄨ西ㄒㄧ奶ㄋㄞ奶ㄋㄞ笑ㄒㄧㄠ著ㄓㄜ回ㄏㄨㄟ覆ㄈㄨ。

「 商ㄕㄤ人ㄖㄣ們ㄇㄣ會ㄏㄨㄟ說ㄕㄨㄛ我ㄨㄛ是ㄕ長ㄔㄤ頸ㄐㄧㄥ鹿ㄌㄨ。 」

終於，她們抵達了市場前的街道。
如果莎姆西奶奶不讓她躲在罩袍底下，
薩米拉該怎麼面對吵雜和擁擠的市場呢？
她努力想了想，問奶奶：

「 那麼， 莎姆西奶奶，
我要怎麼知道
你在商店的什麼地方？
我又該走哪個方向？」
莎姆西奶奶看著她的小助手。

「　張開你的眼睛和耳朵，
鼻子有時候也得用，
好好探索這個世界，
認識你身邊的事物！」

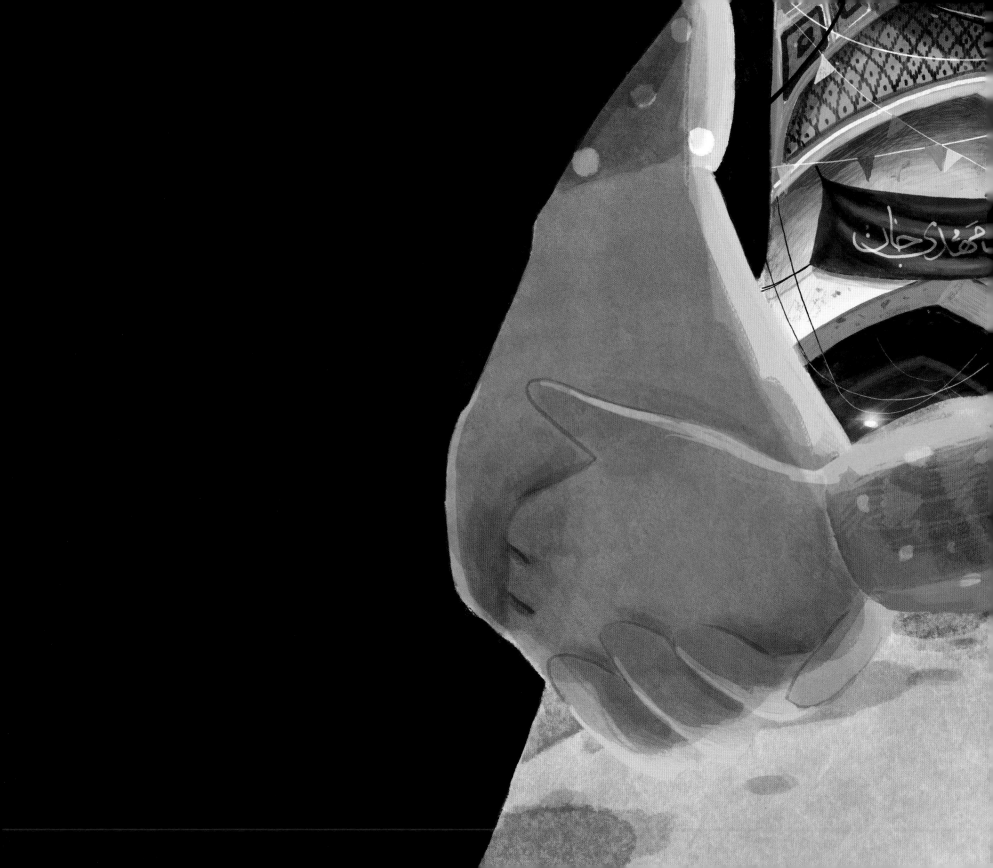

「還有，親愛的，
牽好我的手，」
她在穿越馬路時說。

「有ㄧㄡˇ奶ㄋㄞˇ奶ㄋㄞˇ陪ㄆㄟˊ在ㄗㄞˋ你ㄋㄧˇ身ㄕㄣ邊ㄅㄧㄢ，
你ㄋㄧˇ就ㄐㄧㄡˋ永ㄩㄥˇ遠ㄩㄢˇ不ㄅㄨˋ會ㄏㄨㄟˋ迷ㄇㄧˊ路ㄌㄨˋ。」

獻給我的母親，她是我親愛的老師，也是我的指路明燈。
同時獻給我的女兒薩米拉和拉莉婭，
她們就是我生命的全部。
—莫伊德·哈薩尼

獻給我的母親，她啟發了我對書籍的熱愛。
也獻給莎姆西奶奶，她是我們所有人的靈感之源。
—薩米拉·伊拉瓦尼

我將本書獻給我親愛的國家黎巴嫩，以及我心愛的城市貝魯特，
即使在最糟糕的日子裡，這個飽受苦難的小地方也從未停止過對活力與韌性的追求。
我也要將它獻給我的孩子卡里姆和莎瑪，他們是讓我繼續前進的兩道光芒。同時獻給我的媽媽和爸爸。
—瑪雅·菲達維

文／莫伊德·哈薩尼　薩米拉·伊拉瓦尼
圖／瑪雅·菲達維
譯者／藍依勤
責任編輯／倪瑞廷
美術編輯／蘇怡方
董事長／趙政岷
總編輯／梁芳春
出版者／時報文化出版企業股份有限公司
108019台北市和平西路三段240號七樓
發行專線／(02)2306-6842
讀者服務專線／0800-231-705、(02)2304-7103
讀者服務傳真／(02)2304-6858
郵撥／1934-4724時報文化出版公司
信箱／10899臺北華江橋郵局第99信箱
統一編號／01405937
copyright © 2024 by China Times Publishing Company
時報悅讀網／www.readingtimes.com.tw
法律顧問／理律法律事務所　陳長文律師、李念祖律師
Printed in Taiwan
初版一刷／2024年 6月 21日
版權所有 翻印必究(若有破損，請寄回更換)
採環保大豆油墨印製

作者後記

莫伊德：雖然你剛才讀到的故事是虛構的，但所有的人物、地點和事物都以我在1960到1970年代的德黑蘭所度過的童年為基礎。擔任主角的是我的外祖母——真實存在的莎姆西奶奶，她的魅力與智慧對整個家族具有極大的影響力。儘管我生活的德黑蘭融合了悠久的歷史和現代的氛圍，擁有許多吸引人的場所，但莎姆西奶奶的黑色長袍下方始終是我最喜歡玩耍的地方。那個空間既溫暖又柔軟，就像一塊舞台布幕，激發了我的想像力。我可以透過拉開布幕，打造出不可思議的想像世界！

薩米拉：雖然故事裡的薩米拉喜歡散步前往市場，但在美國長大的我，其實從來沒有這種特別的經驗。我從小聽著母親分享她在伊朗生活的故事長大，我只能盡我所能想像那是什麼樣子。在祖母的罩袍下玩耍是我唯一不用想像的事情，而這件事毫無疑問是最美好的事。我深深懷念在那塊香氣撲鼻的布料下偷偷玩耍的時光，我可以假裝成一個成年人、一位魔法女王，或者是任何一隻在故事中看到的有趣動物。

我們希望透過這本書的撰寫，能解開經常被當作仇恨象徵的面罩的神秘感，並呈現另一種不同的觀點：在我們的心中，它始終是一個安全和令人安心的空間。

在這本書中，一些真實存在的物件包括：薩米拉攜帶的提籃(banzil)，這是一種大的編織籃，通常用來攜帶食物；一台金色的Shahr-e-Farang(第15頁及第35頁)，這種裝置附有可以播放動態影像的觀看口，孩子可以付費觀看，價格低廉；joob(第23頁)，是德黑蘭道路兩側用來排走雨水的開放式水道；攤販出售麵包(第23頁)，烤玉米(第34頁)，以及莫伊德最喜歡的蒸甜菜(第35頁)，它甜美的紅色汁液是冬天暖身的最佳選擇；最後是塔吉里什市場(Tajrish　Bazaar，第27頁及第32-35頁)，一個至今依然繁榮熱鬧的市場，販售從香料到珠寶等你可能夢寐以求的一切。

莎姆西奶奶
的黑罩袍

—— 親子共讀引導 ——

說到絲路上遙遠的國家伊朗會想到什麼？沙漠、地毯、波斯
過著挺奇幻的生活。《莎姆西奶奶的黑罩袍》是伊朗裔作者
們一睹伊朗人的生活樣貌。

故事圍繞著名叫薩米拉的女孩跟著奶奶去市集展開。市集（[
、販售著南北貨。伊朗的市集通常是在巨大高聳、有屋頂的
涼爽，這在炎熱的伊朗特別重要。且這個建築就像一個巨大的百
來的，商品琳瑯滿目，逛起來很令人興奮，也難怪薩米拉很緊張。

薩米拉因為緊張不斷想要躲進奶奶的罩袍（Chador）當中，罩袍是
來並不太方便，需要一直抓著固定。罩袍作為本書的核心題材，作者
卻是象徵著穆斯林婦女的美德，而且也可以省下許多打扮的時間。在
罩袍上街，現今在伊朗路上依然隨處可見穿罩袍的婦女。

對年幼的薩米拉來說，罩袍是象徵安全與奶奶愛的避風港，也是這件
各種動物的形狀，從烏龜、騾子、袋鼠到長頸鹿，路上每個人看到
滿幻想的城市，就像是古代伊朗的繪畫中充滿各種神話生物的世界

故事中的景色也是本書的亮點，例如在家中，地上就鋪著波斯地毯
社會階層的人們，商人、貨車司機、宗教學者、孩童等，繪者
人的市集，就像真的準備走進伊朗的市集一樣，一個豐富、未

跟台灣一樣，奶奶在伊朗文化中是受尊敬的、溫暖與和藹的親
是重要回憶。在這故事中，奶奶還會帶薩米拉去逛市集，更熟

儘管伊朗離我們距離很遙遠，但書中女孩與奶奶的互動，卻
孩薩米拉還會有更多想法會冒出來，而剩下的就留待

說到伊朗的現代生活我們卻不太了解，彷彿異國人們依然
照小時候與奶奶互動的日常經驗而創作出的故事，能讓我

在伊朗是古老的存在，跟台灣的傳統市場一樣，擁擠、熱鬧
，一來可以遮風避雨，二來建築的內部構造設計可以讓空間
佔地很廣，尤其德黑蘭的 Bazzar 走進去沒有一時半會是走不出

穆斯林婦女的衣物，很大一件，會完全將身體包裹住，其實披起
除西方刻板印象：認為穿罩袍是限制婦女的習俗。對於當地人來說
書寫1960年代的伊朗，儘管政府推動西化，但多數傳統婦女仍披著

幻想泉源。當薩米拉躲進奶奶的罩袍裡，罩袍因包裹著祖孫倆變成
的動物時，也無不開心或者驚訝。在作者生動描述下，德黑蘭是充

路上可以遠眺清真寺，和寫著波斯文的路標與招牌；街上走著不同
繪，值得細細觀察。在故事最後我們跟著角色走入滿滿都是
界正等著我們探索。

奶奶相處的時光，或者奶奶超好吃的秘密食譜對伊朗人來說

溫馨與歡樂，還有趣味的幻想。也許在走進市集後，小女
行想像了。

張育軒 | 說說伊朗創辦人

小時報

延伸與討論

✦ 共讀結束跟孩子一起討論看看吧！

❓ 你聽過「伊朗」這個國家嗎？
在地圖上找找看伊朗在哪裡，
莎姆西奶奶住的城市德黑蘭又在哪裡呢？

❓ 你曾經在路上看到過穿著罩袍，或是包著頭巾的女人嗎？
你覺得出門就必須包頭巾的生活會是怎麼樣的呢？

❓ 你有跟家人一起去過菜市場嗎？
市場人很多的話，該怎麼做才不會迷路呢？